BIBLIOTHÈQUE

RELIGIUEUSE, MORALE ET CLASSIQE

Publiée avec approbation

DE MONSEIGNEUR L'ÉVÊQUE DE LIMOGES

7ᵉ SÉRIE IN-12.

A BON MAITRE

BON SERVITEUR

PAR

Mlle Emilie CARPENTIER

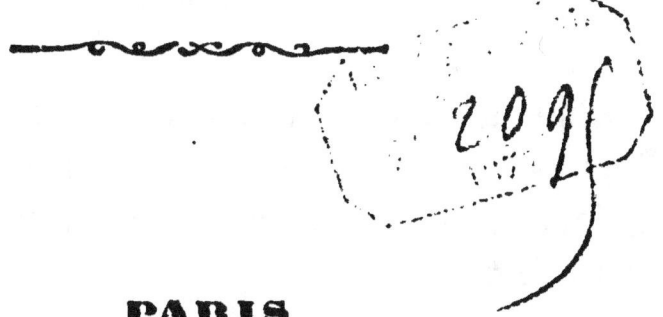

PARIS

LIBRAIRIE D'ÉDUCATION

GÉRANT : AMABLE RIGAUD, ÉDITEUR

33, Quai des Augustins, 33

A BON MAITRE,
BON SERVITEUR

1

LA COMTESSE DE BLOIS

Dans la vaste salle du manoir de La Roche-de-Rien, plusieurs personnages étaient réunis un soir du mois de mars 1341.

L'un d'eux était un jeune homme; assis dans une vaste chaise de chêne sculpté, la lecture du lourd missel placé

devant lui semblait l'absorber tout en-
tier. Sa figure aux traits réguliers, plutôt doux que mâles, était grave, pâle
et amaigrie; son costume simple et de
couleur sombre, une riche épée placée
à ses côtés, et la chaine d'or étincelant
à son cou pouvaient seuls faire soup-
çonner son rang. Rien ne paraissait le
distraire de la pieuse lecture qu'il faisait avec une ardeur enthousiaste, s'arrêtant parfois pour lever les yeux au
ciel dans une méditation profonde, ou
s'agenouillant pour réciter quelque orai-
son, et courbant presque son front jusque sur la dalle qui servait de parquet.

Près de la vaste cheminée, et assise
dans une chaise semblable à celle qu'oc-
cupait le dévot liseur, une femme, presque un enfant, ne le quittait pas des
yeux; elle semblait peu captivée par la
merveilleuse tapisserie placée devant

elle, et à laquelle plusieurs jeunes filles, qui l'entouraient, travaillaient en silence.

Deux petits pages, assis sur des coussins de velours à côté des lévriers favoris, attendaient, les yeux fixés sur leur jeune maîtresse, qu'elle daignât leur donner ses ordres.

Sur le dôme des sièges féodaux, sur les poutres traversant les plafonds, et jusque sur la robe de la châtelaine se voyaient les armes de Blois, écartelées de celles de Penthièvre et surmontées de la couronne ducale de Bretagne. Celle qui les portait était Jeanne de Penthièvre, dite la boiteuse, épouse de monseigneur Charles de Blois, cousin bien-aimé du roi Philippe VI. Bien que petite et frêle, Jeanne révélait dans toute sa physionomie le courage et la noblesse ; ses yeux bruns avaient une expression franche, généreuse, fière et hardie ; sa bouche était hautaine et dédaigneuse ; elle était loin d'avoir cet air de résignation maladive qui se lisait dans tout l'extérieur de son époux.

Après avoir attendu pendant assez longtemps que la lecture du comte de Blois fut terminée, Jeanne toussa plusieurs fois légèrement pour attirer son attention, mais ce fut en vain ; elle repoussa alors avec impatience la tapisserie, et ordonna d'un geste à ses femmes et aux pages de se retirer. En un instant, et avec un silence qui eût fait honneur à un cloître, elle fut obéie.

Alors Jeanne descendit de son siège posé sur une estrade, et, franchissant légèrement l'espace qui la séparait de Charles de Blois, arriva près de lui, et se penchant avec abandon sur le bras de la chaise, dit d'une voix mélodieuse et sonore :

— Monseigneur me pardonnera-t-il de l'arracher un instant à la lecture de ses oraisons?

Le jeune comte releva la tête avec une sorte de mécontentement, mais en rencontrant le regard expressif de sa femme, il sourit, et, fermant le missel, répondit :

— Vous savez bien, Jeanne, qu'après Dieu vous êtes pour moi le premier des maîtres.

— Oui, monseigneur, et c'est parce que je vous tiens pour le plus noble chevalier de France que je veux vous entretenir.

— Parlez, Jeanne.

Et Charles, se levant, fit asseoir sa femme à sa place et s'apprêta à l'entendre.

1..

— Vous savez, messire, que la Bretagne est à nous.

— Oui, depuis que votre oncle, Jean III, est mort en vous nommant son héritière.

— Mais vous ne pouvez ignorer qu'on s'apprête à me contester ces droits.

— Hélas ! Madame, c'est possible. La vie est semée de tant de traverses !

— Et que le prétendant est mon oncle, Jean de Montfort.

— Ah ! dit le comte de Blois en fronçant le sourcil ; puis il ajouta aussitôt : Si c'est la volonté de Dieu...

Jeanne réprima un mouvement d'impatience.

— Eh ! Messire, Dieu ne peut avoir ceux volontés contraires. C'est lui qui m'a donné, il y a quelques jours, cet héritage, l'un des plus beaux fleurons de la France; il veut que je fassse tout pour le conserver.

Charles de Blois courba la tête.

— C'est possible, dit-il, après une minute de reflexion.

— C'est certain, Monseigneur, et ce serait un crime de ne pas transmettre à nos enfants cette province, et de nous laisser dépouiller sans résistance.

— Mais ceci n'est peut-être qu'un vain bruit, reprit Charles, en souriant de l'ardeur de sa jeune femme.

Jeanne secoua tristement la tête.

— Si l'on parle des prétentions de Montfort, dit-elle, ʼe crains bien qu'il y ait lieu,

—Et que voulez-vous que je fasse, Jeanne, pour les empêcher?

—Ce que je veux!... ce que je veux!... Eh! messire, que de douceur ou de force vous fassiez rentrer dans la bouche de cet insolent Montfort ses prétentions menteuses.

—Nous avons le roi pour nous, Madame.

—C'est vrai; mais le roi n'est pas toujours le maître d'un sujet rebelle. Charles, le plus sûr est d'en appeler à votre courage, et si vous m'en croyez, dès demain nous parcourrons nos bonnes villes de Rennes, de Nantes, de Quimper, de Carhaix, pour nous assurer de la fidélité d'un peuple trop souvent du parti contraire à ses légitimes souverains.

—Sans doute, et telle est bien mon

intention, Madame ; mais pouvais-je entreprendre un voyage et m'exposer à guerroyer en ce saint temps de carême? J'attendais après Pâques

Jeanne regarda son mari avec un mélange de colère et de pitié, mais elle se contraignit.

— Attendre! attendre! Montfort n'attend pas, lui! Charles, il me faut votre promesse de partir; je vous accompagnerai, je n'ai pas peur, moi!

— Et moi, Jeanne, je n'ai peur que d'offenser Dieu.

Et le comte, ébranlé mais non convaincu, se promenait lentement dans la grande salle, quand un varlet, se présentant à la porte, annonça l'arrivée d'un messager qui demandait à être introduit sans retard.

A peine parut-il au seuil de la salle que le comte et la comtesse s'écrièrent:

— Olivier de Clisson!

—Oui, Messire; oui, Madame, dit, en pliant le genou devant ses maîtres, Olivier de Clisson, qui, sans ce message, ne serait pas ici en ce moment, mais bien à Rennes, à Auray ou à Hennebon, occupé à vendre sa vie le plus chèrement possible contre le comte de Montfort, qui envahit votre héritage

—Le comte de Montfort! redit Charles de Blois atterré.

—Oui, noble sire, le comte Jean de Montfort et sa femme Jeanne de Flandre. Après s'être emparés, à Limoges, des richesses du dernier duc, ils sont entrés en Bretagne, ont pris Nantes, Hennebon, Auray, Vannes, et ont reçu l'hommage du sire Hervey de Léon, en attendant celui des autres qu'ils ont acheté.

—Arrêtez, messire, interrompit Jeanne, les Bretons ne se vendent pas pour de l'argent, et s'ils ont oublié un instant leur souverain légitime, voilà qui le leur rappellera! Et saisissant de sa main délicate la lourde épée posée près du missel de son époux, elle alla la lui présenter. Un éclair brilla dans les yeux du comte.

— Vous avez raison, Jeanne ; et, par saint Yves ! vous êtes une noble femme. Oui, voilà qui les fera rentrer dans le devoir, ou j'y perdrai mon nom. Ah ! messire de Montfort, vous allez trouver un ennemi digne de vous. Vous voulez la guerre, je vous la ferai ; une guerre à mort ! Et Charles, comme tous les caractères faibles qui une fois exaltés ne savent plus s'arrêter, frappait du pied le sol et serrait son épée dans ses mains nerveuses,

Mais cette belle ardeur que Jeanne avait eu tant de peine à allumer et qu'elle contemplait d'un air de triomphe, fut arrêtée par Clisson, qui engagea le comte à s'adresser au roi de France et à n'avoir recours aux armes que sur son aveu.

— Montfort aura un puissant allié, si la guerre se déclare, dit le guerrier, l'Angleterre est bien près de la Bretagne ; monseigneur, il vous faut un allié qui puisse lui répondre, Hélas ! ce sera une guerre entre rois qui se cachera sous une guerre entre comtes.

Force fut à Jeanne de se soumettre à la volonté de son époux, lorsqu'après avoir passé une partie de la nuit dans son oratoire, il annonça qu'il irait ce jour même en appeler à son royal cousin. Et il partit pour Paris, ayant à ses côtés les sires de Clisson et d'Harcourt.

II

LA COMTESSE DE MONTFORT

Ce même jour, 5 mars, Jean de Montfort et sa femme, Jeanne de Flandre, se dirigeaient vers le château d'Auray qui venait de faire sa soumission.

Ils chevauchaient escortés de nombreux hommes d'armes; Jean ayant à ses côtés le chevalier Hervey de Léon, qui lui avait rendu hommage le premier; la comtesse, suivie d'un jeune page portant sur l'avant de sa monture, le petit Jean, fils de Montfort, et alors âgé de trois ans.

—Tu n'as rien à dire, Urbain, demanda avec bienveillance la comtesse à son jeune compagnon. N'es-tu pas content de nos prompts succès ?

Urbain pressa le pas de son cheval, s'approcha de sa maîtresse et répondit :

— Pardonnez-moi, noble dame, j'en suis bien heureux ; et si vous l'ordonnez, je parlerai.

— Eh bien ! oui, dit la comtesse en souriant et en prenant la main de son petit enfant que le trot monotone du cheval commençait à endormir. Dis-moi, Urbain, pourquoi tu chantais comme un trouvère, ce matin, et pourquoi tu es triste comme un prisonnier, ce soir ?

Le jeune page lança un regard expressif vers le sire de Léon.

— Pourquoi, dit-il, le petit oiseau tremble-t-il quand il voit planer l'épervier en l'air ?

Jeanne plissa son front pur et cessa de sourire.

— Tu parles à double sens comme les astrologues, dit-elle; je n'aime pas cela. Dis franchement que tu n'as pas confiance en cet Hervey de Léon.

— Puisque vous le permettez, Madame, je le dirai, et plus encore : les terres du père de ce chevalier touchent au castel de Penhoët, où je suis né; mon père m'a fait jurer de ne jamais toucher la main d'Hervey, et ma mère m'a redit bien des fois que mon frère Alain avait été perdu par lui. Oui, Madame, après l'avoir poussé à la révolte contre Monseigneur Jean, votre oncle, il l'a abandonné au moment du danger; et Alain, exilé par notre duc et seigneur, est parti pour la Terre Sainte, d'où il ne reviendra jamais.

Jeanne avait écouté avec attention.

— Urbain, dit-elle, la famille des Léon est nombreuse. Plaise à Dieu que tu te trompes !

Le pont-levis d'Auray s'abaissait en ce moment devant la petite troupe; Urbain et Hervey s'y coudoyèrent. Le chevalier regarda le page et tressaillit; mais, réprimant ce mouvement, il dit avec ironie :

— Il paraît, petit Penhoët, que tu veux toujours rester page, car tu ne te hâtes pas d'atteindre la taille d'un chevalier.

— Quand je le serai, j'irai te l'apprendre moi-même, Hervey de Léon, répondit fièrement l'enfant.

Lorsque le comte fut entré dans la salle principale, Hervey s'inclina profondément devant lui :

— Voilà Monseigneur au milieu de ses Etats, dit-il avec sa courtoisie flatteuse. Il peut être certain du succès. Ses amis lui resteront fidèles; qu'il n'oublie pas ses amis.

— Le comte de Montfort n'oublie pas, Messire, répondit Jeanne de Flandre.

Hervey se retira, et en même temps tous ceux qui avaient accompagné le comte. Celui-ci demeura seul avec sa femme. Jean de Montfort était un rude et fort chevalier, brave comme son épée, entêté comme un Breton, mais parfois irréfléchi et violent. Homme d'action avant tout, il se laissait facilement influencer, tout disposé à oublier qu'il était vassal du roi de France pour se souvenir que l'Angleterre était alors, comme toujours, le soutien de toute rébellion. Son épouse, Jeanne, sœur du comte de Flandre, était une femme de grand cœur et de grand courage. Son beau et frais visage réflétait bien sa noblesse et la loyauté de son âme. En vraie Flamande, elle mettait au-dessus de tout l'amour de la famille et la vie d'intérieur ; aussi était-elle plus humble que Jeanne de Penthièvre, et quoiqu'il s'élevât quelquefois en elle des idées contraires à celles de son époux, elle en faisait promptement le sacrifice et rentrait bientôt dans la soumission qu'elle avait jurée au pied de l'autel.

—Voilà une glorieuse journée, ma belle Jeanne, lui dit le comte ; encore quelques-unes semblables, et nous irons dans l'église de Nantes, pour poser sur vos beaux cheveux blonds la couronne ducale. Personne alors n'osera me résister.

— Personne, Monseigneur?

—Qu'est-ce à dire, Jeanne? Craignez-vous que le *moine de Blois* se dérange de ses patenôtres par aventure?

—Plaise à Notre-Dame! Mais le sire de Blois est brave.

Jean rougit de colère

—Brave! dit-il; brave... Mais, Jeanne, vous n'avez que paroles de mauvais augure. Si je vous avais crue, je n'aurais pas pris les trésors de Limoges ; je ne serais pas en Bretagne aujourd'hui ! Hervey de Léon vient de me promettre la soumission des sires d'Harcourt, de Gildas, de...

—Hervey ! répéta Jeanne. Êtes-vous donc sûr de sa fidélité?

—Qu'a-t-il fait pour me porter à en douter ? Ah ! je sais ce qui vous trotte en tête, Jeanne ; ce sont les propos du petit page Urbain ; Hervey m'a conté cela ; une haine de famille, un frère en Terre sainte. Laissez cela, ma mie, et je vous réponds du succès. Ne vous tourmentez pas des choses qui ne doivent pas occuper votre âme.

—A l'occasion, Monseigneur, mon bras ne ferait défaut ni à mon fils ni à vous, répondit la comtesse, dont les yeux, d'ordinaire doux et paisibles, lancèrent une flamme.

—Je vous crois capable de tout ce qui est bien, chère Jeanne, dit le comte en l'embrassant au front. Mais, reposez tranquille, de longtemps vous n'aurez besoin de changer votre quenouille en épée !

Jeanne, pensive, regagna la chambre qui lui était préparée, et où son fils dormait déjà depuis longtemps.

Quant à Urbain, il attendait les ordres

do sa maîtresse, mais elle ne lui en donna pas, et lui fit signe de se retirer.

Urbain de Penhoët, seul représentant d'une noble famille depuis la disparition d'Alain, avait été placé, dès l'âge de sept ans, comme page dans la maison de Montfort pour y faire son éducation guerrière. Il avait, à l'époque où nous le voyons paraître, quatorze ans, bien qu'il en parût douze à peine. Pâle, blond, fluet, maladif, cette faiblesse physique avait été pour lui la source de bien des ennuis ; car, à cette époque, on n'estimait que la force, et ses jeunes compagnons le prirent pour leur souffre-douleur. Il ne manquait ni d'esprit ni d'adresse ; mais, mortifié, repoussé et souvent maltraité, le petit page devenait triste et mélancolique. Lorsqu'un jour la comtesse Jeanne, ayant été témoin des mauvais tours dont Urbain était la victime, fut touchée de ses larmes, et le demanda à son époux pour en faire le protecteur et le compagnon du petit enfant qui venait de leur naître.

Urbain, rendu à une vie plus douce, redevenait lui-même, et comme il était doué d'une âme généreuse et sensible, il voua à sa noble maîtresse une reconnaissance qui devait durer autant que sa vie. Sa gaieté reparut, et il charma plus d'une fois les ennuis de la comtesse, que la guerre retenait éloignée de son époux. Ses compagnons, à qui la faveur dont l'honorait Jeanne imposait le respect, cessèrent de le tourmenter; lui, se livrait avec ardeur aux exercices les plus pénibles, qui devaient l'endurcir à la fatigue et lui faire acquérir plus de vigueur; car il ambitionnait le titre d'*écuyer* de la comtesse. Il était heureux, quand la venue d'Hervey de Léon vint l'inquiéter pour ses bienfaiteurs.

A quelques jours de là, Jean de Montfort reçut du roi de France l'ordre de comparaître devant la cour des pairs, qui devait proclamer le légitime duc de Bretagne. Il n'y avait pas à hésiter, sous peine d'être déclaré rebelle. Jean obéit. En prenant congé de son épouse, il lui dit :

— Madame, en mon absence, c'est vous qui tenez ma place ; ce que vous ferez sera bien fait ; je punirai qui vous aura mécontentée, et je récompenserai qui vous aura bien servie.

Jeanne s'inclinant devant son époux :

— Je serai digne de vous, messire, dit-elle.

Hervey fut blessé de n'avoir pas été considéré comme plus capable qu'une femme de représenter le duc de Montfort car il mettait un haut prix aux services qu'il rendait, mais il jugea prudent de dissimuler. L'absence de Jean de Montfort ne devait pas être de longue durée. Le roi, après lui avoir fait un accueil glacé, lui enjoignit de ne pas quitter l'hôtel qu'il habitait, afin d'attendre le jugement. Montfort entrevit là une sorte de captivité prématurée, et, se dépouillant de toute contrainte, il s'enfuit hors de Paris, à la faveur d'un déguisement, et revint en Bretagne. Philippe VI, furieux et indigné, excita Charles de Blois à la guerre, et lui donna une armée brillante dans laquelle se trouvait son propre fils Jean, duc de Normandie.

III

VAINQUEUR ET CAPTIF

Ce fut alors que Jean de Montfort implora le roi d'Angleterre, et s'occupa activement de se mettre en état de résister aux attaques de son rival. Jeanne de Flandre, l'âme remplie de funestes pressentiments, ne cessait de prier Dieu, pour qu'il donnât à son mari la prudence et la modération.

L'impétueuse Jeanne de Penthièvre accompagna le sien jusqu'à l'entrée définitive en campagne; car elle craignait de voir se refroidir ses belliqueuses résolutions. Mais elle avait tort; le comte de Blois était de ces esprits lents, timides, sans initiative, qui, une fois lan-

2.

cés, ne savent pas s'arrêter, et tout en souffrant des révoltes de sa conscience timorée contre le sang qu'il allait répandre, il ne songeait pas à retourner en arrière.

Cependant depuis qu'il avait rencontré le sire de Léon, le page Urbain semblait partager toute la tristesse de sa noble maitresse. Le petit Montfort avait beau l'agacer et chercher à le faire jouer, il ne retrouvait pas son joyeux compagnon.

— Tu es toujours méchant, à présent, ui disait-il; je ne voudrai plus de toi pour mon page; quand tu chantes, tu me fais pleurer !

— Ah ! mon jeune Messire, reprit Urbain, je voudrais n'être plus page, et devenir écuyer de votre père pour avoir le droit de combattre avec lui.

— Eh bien, moi, je te fais écuyer. Viens jouer à présent.

— Monseigneur Jean, ne vous en déplaise, vous êtes trop petit pour avoir ce droit-là. Si mon père n'était pas un vieillard malade et affaibli, il serait accouru au premier appel ; car c'est triste de ne pas voir un Penhoët dans les armées d'un Montfort.

Comme tous les enfants, le petit Jean était peu capable de s'arrêter longtemps à la même idée, il retourna à ses jeux.

— Tu désires donc bien être chevalier ? dit derrière Urbain une voix qui le fit tressaillir.

— Hervey de Léon ! s'écria-t-il avec plus d'horreur que de crainte.

— Oui, Hervey qui, l'autre jour sur le pont, t'a molesté, et qui le regrette ;

car, par saint Yves, tu es un gentil page.
Donne-moi la main, Penhoët!

— Je ne donnerai jamais la main à
un ennemi de ma famille, répondit Urbain en reculant.

— Mais je ne suis pas ennemi de ta
famille, enfant; qui t'a dit cela? J'ai
été l'ami d'Alain, et on m'a soupçonné
à tort dans ses malheureuses aventures,
je viens justement pour te prouver ce
que je dis. Si tu veux accepter les offres
que je vais te faire, tu seras chevalier.

— Je ne consentirai à aucune lâcheté.

— Ce n'est pas une lâcheté, Penhoët,
de préférer un maître qui nous récompense à un maître ingrat qui nous oublie. Or le comte de Montfort promet
beaucoup et tient peu; si tu veux servir
le seigneur que je te nommerai, tu de-
viendras bientôt considéré et riche.

— C'est avec ces paroles que vous avez trompé mon frère Alain. Allez, Hervey de Léon, dire au maître qui vous envoie, que je préfère être un pauvre petit page plutôt qu'un chevalier lâche et félon.

— Tu l'emportes, enfant, et l'on dit que tu es timide ! par saint Yves, quel jeune coq ! J'aurais pourtant bien voulu présenter ton nom à mon nouveau maître ; et j'avais compté que tu m'écouterais avec reconnaissance, et qu'étant voisins de terre... plus tard, ta jeune sœur Yolande serait ma femme...

— Arrière, sire de Léon, s'écria Urbain, mettant la main à son petit poignard, arrière ! je vais avertir de vos projets le comte de Montfort.

Tout beau ! mon jeune page, dit Hervey, dont la colère, longtemps contenuo, finissait par éclater. Tu me dis faux et méchant ; je veux te prouver ce que je suis : si un seul mot sort de ta bouche, ton père, ton vieux père m'en répond !... Et faisant un geste de menace : c'est à présent que nous sommes ennemis, dit-il, et il sortit.

Il avait à peine disparu, et Urbain, pétrifié par ses dernières paroles, demeurait immobile, quand la comtesse de Montfort, pâle, tremblante, tenant son fils dans ses bras, parut : « Fuis avec nous, Urbain, fuis, mon enfant, le comte de Blois est entré dans Nantes ; nous sommes trahis ! »

Le page suivit sa maîtresse en saisissant à tout hasard une grande épée rouillée qu'il trouva dans un coin. Voici ce qui était arrivé : Charles de Blois, à la tête de l'armée du roi, fleur brillante d'une chevalerie impatiente de combattre, avait vu tout céder devant lui, et marchand de succès en succès, était venu mettre le siège devant Nantes, occupée alors par le comte Jean et sa famille. Celui-ci préparait une résistance formidable, lorsque les habitants, épouvantés par les cruautés froides qu'avaient déployées les troupes royales, ouvrirent subitement leurs portes. L'alarme fut grande chez les Montfort, et force leur fut de fuir.

Le premier soin de Charles de Blois fut de se rendre à la cathédrale pour remercier Dieu de ses succès, et le prier pour l'âme de ceux « occis par besoin de cause. » Comme il sortait de l'église, il fut abordé par un chevalier recouvert d'une armure sombre, et qui lui était inconnu.

— Monseigneur, lui dit cet homme, je viens, comme autrefois Fabius, vous offrir la paix ou la guerre ; dites un mot, et la Bretagne est à vous sans rivalité.

— Qui es-tu ? demanda Charles en essayant de percer du regard la visière rabattue sur le visage du mystérieux étranger.

— Un ennemi, qui veut devenir votre ami.

Charles, superstitieux et crédule, recula instinctivement, croyant à une intervention du malin esprit.

— La comtesse de Penthièvre n'hésiterait pas, dit le chevalier sombre avec un dédain marqué.

— Mais que voulez-vous de moi ?

— Que vous me suiviez !

— Seul ?

— Avec votre armée entière, si bon vous semble.

— La vertu et la loyauté ne se voilent pas le visage, murmura Charles... N'importe !... je te suivrai ; mais il y va de la vie, si tu me trompes !

— Et de ma fortune ?

— Oui, car je récompense qui me sert.

— Plus que Jean de Montfort, dit l'inconnu en poussant un rire sec. Allons, Messire, suivez-moi.

Le comte de Blois, accompagné de plusieurs barons et écuyers, se mit en effet en marche à la suite du sombre conducteur. La nuit était venue, et les habitants étaient renfermés dans leurs maisons. Après un quart-d'heure de marche, ils se trouvèrent hors de la ville, et le guide s'arrêta devant un monastère abandonné, que le peuple prétendait hanté par les mauvais esprits.

— S'il s'agit d'une trahison, dit Charles à l'inconnu qui lui faisait signe d'entrer, le lieu est mal choisi!... un cloître.

— Vous reculez, Monseigneur?

— Par saint Yves! non; et s'il y a mal, que tout retombe sur toi! Marchons.

On franchit la porte laissée ouverte, et l'on se trouva dans une cour où l'herbe croissait librement; un silence de mort régnait partout; plusieurs chevaliers se signèrent avant de s'engager dans une galerie basse et sombre qui s'ouvrait devant eux, et dont les dalles sonores répétaient le bruit de leurs pas avec un son lugubre. Lorsqu'ils furent arrivés devant une porte à demi cachée dans le mur, l'inconnu détacha de sa ceinture une petite trompe d'ivoire, il en tira trois sons aigus. Aussitôt un grincement de clefs se fit entendre, la porte roula avec effort sur ses gonds rouillés, et un homme d'armes parut :

— Montfort et Bretagne, dit-il.

— Flandre et Auray, répondit l'inconnu.

— Entrez, Messire, mais vous n'êtes pas seul ?...

— C'est mon escorte.

— Passez donc, Messire Hervey de Léon.

En un instant, Charles de Blois fut introduit dans l'ancien réfectoire des moines, où il se trouva en présence de Jean de Monfort et de son épouse, Jeanne de Flandre.

Les deux rivaux poussèrent un cri de rage que l'écho du monastère redit en gémissant.

— Traître ! rugit le fougueux Montfort, en s'élançant l'épée haute sur Hervey qui avait relevé sa visière.

— Traître ! redit Jeanne, indignée, en se rapprochant de son époux.

Mais Montfort fut promptement désarmé par les hommes de la suite de Charles.

— Au nom du roi Philippe VI, mon cousin, mon seigneur et mon allié, dit celui-ci, un peu revenu de sa surprise, je vous fais prisonnier, comte de Montfort.

— Trahison! trahison! ne cessait de redire Jean, les yeux gros de larmes de rage.

— Messire de Montfort n'a pas la mémoire bonne, dit Hervey avec une expression haineuse, il oublie ses amis jusqu'à menacer le sire de Léon des souterrains d'Hennebon, si Nantes capitulait : j'ai pris les devants.

— Silence, Messire, dit le comte de Blois, c'est action indigne d'un chevalier que d'insulter au malheur. La guerre m'oblige à ce que ma conscience me reproche. Vous garderez le commandement de Nantes et vous aurez cinquante écus d'or. Messire, emmenez le prisonnier. Dieu et Notre-Dame d'Auray me pardonnent!

— Oui, Monseigneur, dit Jeanne avec force, Dieu nous vengera; il n'accorde qu'un triomphe passager à la perfidie. Adieu, cher sire, dit-elle à son époux, qui lui donnait un dernier baiser, je suis votre dévouée servante et votre épouse fidèle jusqu'à la mort.

Cependant, quand elle se trouva seule dans ce couvent isolé, l'infortunée Jeanne poussa un sanglot de désespoir.

— Seule! ô mon Dieu! s'écria-t-elle.

Un léger cri se fit entendre, qui la rappela à elle-même. Elle courut alors vers la chaire du lecteur où son fils s'était endormi :

— Oh! non, pas seule, dit-elle en l'embrassant, car tu me restes, cher enfant, et je dois être à présent ton père et ta mère.

Jeanne, prenant son fils dans ses bras, ne songea plus qu'à fuir ce lieu de trahison ; elle cherchait une petite poterne où des chevaux avaient dû être préparés pour la fuite de son époux et la sienne. Mais au milieu de la nuit, elle errait au hasard dans ces vastes salles et ces cours sans fin, quand elle rencontra son fidèle page Urbain, qui, la croyant prisonnière avec son époux, s'abandonnait à sa douleur.

— Ah ! Madame, dit-il, ah ! ma bonne maîtresse, quel bonheur ! que Dieu est bon ! rien n'est perdu alors ; et l'entraînant, guidés par la clarté d'une torche qu'il tenait en main, ils gagnèrent la porte dérobée, trouvèrent les chevaux, s'élancèrent en selle et chevauchèrent à grands pas vers Hennebon, bonne ville avec un fort château, et qui était demeurée fidèle. Ils y arrivèrent avec les premières lueurs du matin. Jeanne, suivie du jeune Penhoët et tenant son fils dans ses bras, alla droit au château, où résidaient bon nombre de vaillants et fidèles gentilshommes.

— Chevaliers, leur dit-elle, ne vous découragez pas par la perte que vous avez faite de Monseigneur Jean. Ce n'était qu'un seul homme, et voilà mon petit enfant qui sera, s'il plaît à Dieu, son libérateur et son vengeur.

Puis, par un mouvement spontané, elle rejeta de côté la coiffe qui retenait sa chevelure captive, et, saisissant un casque que tenait un écuyer, elle le plaça sur sa tête comme emblème de sa mission guerrière.

— Maintenant, se dit-elle comme à elle-même, c'est un cœur d'homme qu'il me faut!

Toute la garnison sentit redoubler son courage, et accueillit avec transport cette femme devenue guerrière par amour conjugal.

A partir de ce jour, en effet, Jeanne, déposant la timidité de son sexe, fut le chef le plus accompli : énergie, sangfroid, courage, justesse d'observation, elle réunit tout, et mérita l'admiration de son ennemi même, Charles de Blois, qu'elle savait tenir à distance malgré ses forces nombreuses.

Un jour même, voyant la garnison plier, elle eut l'audace de faire une sortie, d'aller ravager et brûler le camp de l'armée de Blois, et de rentrer cinq jours après avec des renforts.

Mais, malgré ces prouesses, sa position commençait à devenir inquiétante; ses soldats mêmes se fatiguaient d'une lutte longue et indécise; le comte de Blois, avec ses troupes fraîches et ses machines formidables, paraissait décidé à attendre longtemps encore; de plus, les secours promis par le roi d'Angleterre n'arrivaient pas. Jeanne repoussait de toutes ses forces l'idée de se rendre, mais elle était profondément découragée, et ni les caresses de son fils, ni les consolations d'Urbain ne parvenaient à la distraire.

Le jeune page, contrairement à sa maîtresse, semblait s'enhardir et prendre plus de cœur à mesure que le danger grandissait. Sans cesse aux côtés de Jeanne, il décochait les traits de son arc avec autant de justesse que les plus vieux archers, et son œil ardent semblait toujours chercher quelqu'un dans le camp ennemi. Cependant, lui si acharné à la poursuite du sire de Léon,

semblait avoir oublié son ancienne ini;
mitié, et lorsque la comtesse donnait
un libre cours à son indignation contre la perfidie d'Hervey, il restait muet
ou changeait de discours.

Un jour donc, le même où les prin-
cipaux personnages d'Hennebon vin-
rent supplier la comtesse de capituler,
après leur avoir énergiquement refusé,
elle demeura dans la grande salle du
château.

— O Monseigneur Jehan ! dit-elle
avec douleur, où êtes-vous? pourquoi
faut-il qu'un traitre vous ait privé de
la liberté ! Quand ce petit-ci pourra-t-
il vous venger? Et elle regarda son fils
qui venait d'entrer avec Urbain et Penhoët et d'autres pages. L'enfant courut
se jeter dans les bras de sa mère.

— Le premier homme que je veux

prendre, dit-il, ce sera ce méchant Hervey, Madame, et Urbain m'aidera.

Le page n'ajouta rien à ces paroles.

— Je ne sais, dit la comtesse, qui,
pour la première fois de sa vie, mit de
l'amertume dans ses paroles, je ne sais
si vous pouvez, Jehan, compter sur
messire de Penhoët pour cela, car sa
bouche paraît craindre d'offenser le
perfide Hervey, et il semble passé de
ses amis depuis qu'il est le plus fort.

Le visage d'Urbain devint pourpre,
et il jeta sur sa maitresse un regard
gros de reproches, pendant que des
larmes d'indignation montaient à ses
yeux.

— Ah! Monseigneur, dit-il en saisissant la main du petit comte, quand
vous serez grand vous ne parlerez pas
ainsi.

Et il sortit brusquement sans que
Jeanne le fît rappeler. Une agitation su-
bite se répandit alors dans tout le château : on cherchait la comtesse avec
inquiétude ; l'effroi était à son comble
parce que Charles de Blois, à l'aide de
nouvelles machines, sortes de tours
roulantes, renouvelées des anciens,
ébranlait les murailles de la ville, et en
avait dirigé une vers la tourelle du
Maure, en ce moment mal défendue.
Jeanne s'y rendit aussitôt, prenant à
peine le temps de revêtir la cuirasse et
la cotte de mailles qui avaient remplacé
les gracieux ajustements de son sexe.

Quand elle arriva, malgré son courage, elle ne put se défendre d'un fré-
missement, la fameuse tour roulante
ou *beffroi*, à cent pas de la tourelle,
lancée avec force, vint donner un choc
si puissant, que les pierres en tremblè-

rent sous ses pieds; de nombreux guerriers, debout sur la plateforme du beffroi, lançaient un déluge de traits à bout portant, et les soldats de Jeanne tombaient comme l'herbe qu'on fauche. Des ordres n'avaient pu être donnés contre cette attaque imprévue, et la plus grande confusion régnait. Jeanne, décidée de sacrifier sa vie s'il le fallait, prit place au premier rang. Urbain y était déjà, il était aisé de le reconnaître, car il combattait à visage découvert.

— Pauvre enfant! dit Jeanne, veux-tu donc mourir, que tu viens ici!

— Madame, répondit-il, ma place sera toujours où est ma maitresse; et ne m'est-il pas permis de lui montrer que je ne suis pas l'ami des plus forts?

— Penhoët, dit la comtesse, pardonne.....

Elle n'eût pas le temps d'achever ; la
tour, lancée avec plus de force encore,
vint faire trembler le vieux donjon.

Les assiégés poussèrent un cri d'a-
larme, car une planche étroite venait
d'être jetée comme un pont, du beffroi
à la tourelle, et un guerrier s'engagea
dessus, déjà plusieurs paraissaient prêts
à le suivre, mais le beffroi, en se reti-
rant trop tôt, les précipita à terre de
soixante pieds de haut ; le guerrier, toujours sur la planche vacillante, allait les
suivre dans l'abîme, lorsqu'Urbain, s'é-
lançant avec la promptitude de l'éclair,
le saisit par sa cotte de mailles et l'attira
ainsi sur la plate-forme, où il fut bientôt
entouré d'archers ; Urbain ne le lâchait
pas.

—Quoique je ne sois pas chevalier,
je te fais prisonnier, s'écria-t-il.

—Madame, dit-il en l'entraînant vers la comtesse, vous ne penserez plus que je suis passé au camp d'Hervey de Léon.

Et forçant la visière du casque de l'inconnu, il montra le visage du chevalier félon qui avait trahi son maître. Hervey fut enfermé dans les souterrains d'Hennebon, et Urbain élevé au rang d'écuyer. Le pauvre enfant pleurait de joie.

—Ah! Madame, disait-il, moitié riant, moitié attendri; voilà les Penhoët hors de page!

Ce succès ranima le courage des assiégés, car Hervey était un ennemi puissant; et le lendemain même, Amaury de Clisson ayant amené des renforts anglais qu'on attendait depuis longtemps, le comte de Blois fut obligé de lever le siége d'Hennebon.

La fortune sembla se déclarer pendant quelque temds pour la courageuse
Jeanne de Montfort. Son époux parvint
à s'évader du Louvre où il était captif,
et vint la rejoindre ; mais il mourut peu
après, et Jeanne, qui avait un instant
pensé retrouver cette calme existence,
partage ordinaire de son sexe, se vit de
nouveau rejetée au milieu de la vie agi
tée de la guerre, glorieuse parfois, pé-
nible toujours pour la femme, que Dieu
a créée souveraine du foyer domestique
et non chef de batailles.

Le petit comte de Montfort fut, vers
ce temps, envoyé près d'Édouard III qui
se nomma son tuteur, et Jeanne demeura
en Bretagne pour maintenir les droits
de son fils.

IV

LES DEUX RIVALES

La guerre continuait toujours, lorsque Charles de Blois fut fait prisonnier à la bataille de la Roche-de-Rien. Le comte, obligé de rendre son épée, s'écria :

—Montfort ! Montfort ! et il ajouta tristement : Jeanne, ma dame, c'est Dieu qui ne l'a pas voulu. Pour ne pas s'exposer à perdre une capture si importante, Jeanne de Montfort donna l'ordre de la diriger sur Londres, où Charles resta captif plusieurs années. Mais quoique le comte de Blois eût été fait prisonnier, son parti n'avait pas abandonné la lutte, et lorsque les capitaines de

Jeanne de Flandre voulurent courir sus
aux fuyards, ils virent avec étonnement
que les ennemis tout en battant en re-
traite savaient les tenir en échec ; ils
arrivèrent ainsi jusqu'au château de la
Roche où il était impossible de les pour-
suivre.

Un chef, qu'à sa taille frêle et mi-
gnonne on eût pris pour un page, avait
par ses sages manœuvres sauvé le parti
de Blois d'une sanglante défaite. La surprise fut à son comble quand on apprit
que c'était la comtesse Jeanne de Penthièvre elle-même qui prétendait rem-
placer son époux pendant sa captivité,
et la guerre reprit avec une nouvelle
ardeur.

Urbain de Penhoët, rendu plus libre
par le départ du petit Jehan à la cour
d'Angleterre, ne s'en consacra que plus
entièrement à la cause de la comtesse;

et la suivit partout en sa qualité d'écuyer.
Sa loyauté était toujours la même, et sa
bravoure s'était accrue de l'expérience
qu'il acquérait tous les jours. Par la
mort de son vieux père il devint comte
de Penhoël : « Hélas ! dit-il en essuyant
les pleurs que faisait couler une douleur
véritable, mon très-vénéré père n'aura
pas eu le bonheur d'embrasser son fils
chevalier. » C'était la grande ambition
d'Urbain d'être chevalier. Sa jeune sœur
fut placée au couvent des Bénédictines
de Nantes, jusqu'à ce que la paix permit
de s'occuper de son avenir.

Quoique le courage des deux Jeanne
fût égal, la comtesse de Montfort l'em-
portait par plus de grandeur unie à plus
de persévérance. Jeanne de Pentièvre
se laissait trop emporter par la fougue
altière de son humeur, quoiqu'elle se
montrât la digne rivale de Jeanne de

Flandre. Au reste, toutes deux peu se-
courues par des monarques trop occu-
pés de leurs propres querelles, elles
étaient le plus souvent livrées aux seu-
les ressources de leur activité et de leur
intelligence. L'histoire a donc eu raison
en leur faisant une noble part, et en
leur accordant une place à côté des hé-
roïnes qui combattirent pour la défense
de leur pays.

En l'année 1347, après une journée laborieuse, où la comtesse de Blois
avait eu l'avantage, elle s'était retirée
au château de Carhaix avec ses deux
fils, Jean et Gui de Bretagne. Assise
dans la grande salle d'armes de cette
demeure, Jeanne la Boiteuse se délas-
sait des fatigues du jour, en montrant
à ses fils les portraits de leurs ancêtres;
elle leur racontait les hauts faits des
nobles ducs, et cherchait à éveiller dans

l'âme des jeunes princes l'amour de la
guerre et de la gloire, s'interrompant
parfois aussi pour essuyer une larme
que lui arrachait le souvenir de son
époux captif.

Un serviteur vint lui annoncer que
deux guerriers, dont l'un paraissait
grièvement blessé, avaient demandé
asile au château; il ajouta qu'ils por-
taient les couleurs de Montfort, et demanda s'ils devaient être traités en pri-
sonniers.

— Le toit d'un Breton, duc ou vi-
lain, répondit Jeanne de Penthièvre, ne
saurait être une prison pour celui qui
souffre. Allez, Jean, mon fils, et amenez
ces étrangers à notre foyer, ils n'ont
rien à craindre.

Le jeune enfant obéit, et reparut
bientôt suivi de deux hommes, dont

l'un, couvert d'une armure complète et portant la visière baissée, soutenait son compagnon, sur le visage duquel passaient déjà les ombres de la mort.

— Entrez, Messires, dit la comtesse de Blois avec cette grâce un peu hautaine qui accompagnait toutes ses actions, ennemis ou amis soyez les bienvenus. Gui, faites apporter un cordial pour ce jeune homme qui parait bien affaibli.

Mais arrêtant le jeune prince au passage, l'étranger à l'armure ôta brusquement son casque et laissa voir à la comtesse étonnée le visage pâle et fatigué, mais toujours noble de sa rivale, Jeanne de Flandre, épouse de Montfort.

— Vous! s'écria-t-elle avec un geste de colère, vous, chez moi! tromper l'hospitalité!

— C'est pour ne pas la tromper que je me fais connaître, reprit doucement l'héroïne d'Hennebon. Une seule chose pouvait me faire franchir votre seuil, Madame, l'espoir d'arracher cet enfant à la mort. Quand il est tombé blessé à mes côtés, j'espérais pouvoir le confier à quelqu'un des miens, mais la violence de vos attaques m'en a empêchée.

La générosité naturelle de la comtesse de Blois l'emporta promptement sur sa colère, et elle s'avança elle-même vers le blessé en disant :

— Tant que vous serez chez moi, Madame, vous me serez sacrée.

Et selon les lois chevaleresques de l'hospitalité, elle déboucla elle-même le corselet du guerrier pour panser la blessure profonde qu'il avait reçue.

4

— Pauvre Urbain ! disait Jeanne de Montfort en cherchant à ranimer le jeune homme par quelques gouttes du vin qu'on avait apporté ; pauvre Urbain ! tu es bien innocent de ces luttes sanguinaires, et c'est toi qui en es victime !

Urbain murmura : « Je meurs content. »

Est-ce à vous de déplorer ces luttes, Madame, quand on vous voit, le fer en main, les ranimer à toute heure, dit lentement la comtesse de Blois.

— J'ai défendu la cause de mon époux, je défendrai celle de mon fils. En est-il de plus sacrée ?

— C'est en combattant contre vous que Monseigneur Charles a été fait prisonnier.

— C'est pour vous que je perds un fidèle serviteur.

— Mes fils sont sans duché.

— Le mien est en exil.

— Vous avez amené l'Anglais en France.

— Et vous, les Français en ennemis aans la Bretagne.

— Déplorable cause que la vôtre !

— Hélas ! Madame, coupables toutes deux du même crime, nos malheurs sont les mêmes ; oubliez un instant nos inimités ; et que Dieu seul nous juge !...

Un léger soupir d'Urbain mit fin aux reproches mutuels que s'adressaient ces deux femmes, tout en ne pouvant s'empêcher d'éprouver l'une pour l'autre une secrète sympathie.

Depuis quelques instants, Penhoët semblait reprendre ses forces; il avait essayé de se soulever, et promenait son regard ranimé sur les portraits des ducs Bretons.

— Je vais faire transporter ce jeune homme près du chapelain, dit Jeanne de Penthièvre, il est habile à panser les plaies, il le guérira, et vous pourrez, Madame, prendre le repos qui vous est nécessaire.

Mais Urbain fit un signe négatif.

— C'est inutile, noble comtesse de Blois, dit-il avec effort, nul physicien ne guérira Penhoët;... Dieu, mourir avant d'être chevalier !

—Tu l'es par le cœur, Urbain, et si tu guéris, par notre dame d'Auray, tu le seras, je te le dis.

Urbain sourit tristement:

— Trop tard ! dit-il.

— Hé ! Madame, reprit brusquement Jeanne de Penthièvre, vos exploits vous donnent tous les droits de nos vieux guerriers ; que ne satisfaites-vous ce noble enfant ?

— Vous avez bien parlé, répondit la comtesse de Montfort, avec force ; écoute, Urbain de Penhoët, tu m'as bien servie, tu m'as consolée et défendue ; par mes seigneurs saint Georges et saint Denis, je te fais chevalier ; et touchant de son épée le cou du mourant : sois pieux et loyal, ajouta-t-elle, et que Dieu t'ait en sa grâce !

Le visage du jeune Penhoët rayonna d'une grande joie, il serra ses mains contre sa poitrine : « Flandre et Montfort ! » murmura-t-il ; et poussant un profond soupir, il se raidit légèrement :

4.

le dernier Penhoët avait rendu son âme à Dieu.

— Il est consolant, dit Jeanne de Penthièvre à la comtesse de Montfort, qui ne pouvait retenir ses larmes, d'avoir auprès de soi de tels dévouements !...

— Oui, mais il est bien cruel de ne les payer que par la mort ! Pauvre Urbain ! j'avais espéré te voir un jour le conseiller et l'ami de mon fils, Dieu ne l'a pas voulu, dors en paix.

Et la comtesse ferma elle-même les yeux du jeune page.

Le lendemain, elle reprit sa vie aventureuse, mais pour peu de temps ; son fils revint en France, Charles de Blois fut rendu à la liberté : les deux Jeanne s'effacèrent et ne laissèrent que le souvenir de leur courage et de leur héroïsme.

TRAITS

De Franchise et de Générosité

La mort de Charles VIII ayant placé Louis XII sur le trône de France, ce prince tourna ses vues du côté du Milanais, sur lequel il avait des droits par son aïeule Valentine, sœur unique du dernier duc de Visconti. Avant de se mettre en campagne, il demanda à M. de Tivulce ce qu'il fallait pour faire la guerre avec succès. Trois choses sont absolument nécessaires, lui répondit le maréchal : 1° *de l'argent;* 2° *de l'argent;* 3° *de l'argent.*

La conquête du duché de Milan est l'ouvrage de vingt jours. Mais Ludovic Sforce y rentre l'année suivante, par la faute du maréchal de Tivulce qui y commande : dans la guerre que cette révolution occasionne, le chevalier Bayard est fait prisonnier. Ludovic Sforce, qui avait vu des fenêtres de son palais les actions de ce brave Français, demanda à l'entretenir, et voulut connaitre son caractère.

—Mon gentilhomme, lui dit le duc, qui vous a conduit ici?

— L'envie de vaincre, Monseigneur, répondit Bayard.

— Eh! pensiez-vous prendre Milan tout seul?

— Non, repart le chevalier; mais je croyais être suivi de mes camarades.

— Eux et vous, ajouta Ludovic, n'au-
riez pu exécuter ce dessin.

— Enfin, dit Bayard qui ne put dis-
convenir de sa témérité, ils ont été
plus sages que moi ; ils sont libres, et
me voici prisonnier ; mais je le suis de
l'homme du monde le plus brave et le
plus généreux.

Le prince lui demanda ensuite d un
air de mépris :

— Quelle est la force de l'armée fran-
çaise ?

— Pour nous, dit Bayard, nous ne
comptons jamais les ennemis ; ce que je
puis vous assurer, c'est que les soldats
de mon maître sont gens d'élite, devant
lesquels les vôtres ne tiendront pas. »

Ludovic, piqué d'une franchise si hardie, lui dit que les effets donneront une

autre opinion de ses troupes, et qu'une bataille décidera bientôt de son droit et de leur courage.

—Plût à Dieu, s'écria Bayard, que ce fût demain, pourvu que je fusse libre !

— Vous l'êtes, reprit le duc ; j'aime votre fermeté et votre courage, et j'offre d'ajouter à ce premier bienfait tout ce que vous voudrez de moi.

Bayard, pénétré de tant de bonté, se jette aux genoux du prince, le prie de pardonner en faveur de son devoir ce qu'il y a de hardi dans ses réponses, demande son cheval et ses armes, et retourne au camp publier la générosité de Ludovic et sa reconnaissance.

FIN.

TABLE

—

Imp. A. Rigaud, Grande-Rue, 31, à Montrouge.

www.ingramcontent.com/pod-product-compliance
Lightning Source LLC
Chambersburg PA
CBHW071250210626
46818CB00013B/649